L'adopté du Père

L'adopté du Père. © Pascal Kropp
Avec la collaboration de Marie-Laure Kléville

Responsable de publication : Marie-Laure Kléville,
Avenue du Belvédère 91800 Brunoy, France -
3hpourmonlivre.com

ISBN : 978-2-9571819-4-0

Pascal Kropp

L'adopté du Père

3hpourmonlivre.com

Mon livre raconte l'histoire d'une feuille morte
qui tourbillonnait sans direction
et qui s'est transformée en un joli papillon.

Bon voyage dans le pays de ma poésie.

À Claude.

Claude JEUCH, né en 1950, est parti pour la patrie céleste en 2017. Il fut pour moi un précieux conseiller spirituel depuis 2004 où j'ai croisé sa route. Il m'a accompagné avec son épouse Denise dans les épreuves douloureuses de ma vie.

Il était père de sept merveilleux enfants, enseignant et prédicateur dans l'église que je fréquente depuis 2004.

C'était un homme rempli d'empathie et d'amour pour des personnes mises en marge de la société comme je l'ai été à un moment donné de ma vie.

Sa femme, ses enfants, petits-enfants et l'Église dont ils faisaient partie sont devenus mes amis et compagnons de route les plus chers.

À DIEU SEUL SOIT LA GLOIRE

SOMMAIRE

INTRODUCTION

Ce recueil est un panaché d'instants de ma vie déclinés en textes poétiques. Certains sont en vers, d'autres en prose, tous sont pédagogiques.

Le lecteur discernera les nombreux clins d'œil de Dieu dans mon existence.

C'est mon témoignage écrit de Ses bienfaits, Ses grâces, Ses délivrances mais aussi de mes douleurs, mes blessures, mes souffrances, mes interrogations, mes révoltes, mes carences.

Dans Sa grande miséricorde, Dieu a pansé mes plaies. De Son amour immense, Il m'a comblé. J'ai choisi de Le suivre ; je suis passé de la mort à la vie.

Nous sommes tous acteurs de notre propre vie. Il m'a pardonné mes fautes et m'a convaincu de me pardonner à moi-même et de pardonner tous ceux qui m'ont blessé et qu'Il aime.

J'ai expérimenté Sa paix, la paix du Christ, indescriptible qui surpasse toute intelligence.

Il m'a appris à me regarder et à regarder les autres avec Ses yeux remplis d'amour et de bienveillance.

Le pardon est l'apprentissage de toute une vie, la leçon d'aujourd'hui et de demain. Le pardon, ça se donne et ça s'entretient.

Bon voyage dans le pays de ma poésie à la découverte de Celui qui aspire à être ton ami.

L'auteur, Pascal Kropp

MA DESTINÉE

À l'aube se lève une question
Au crépuscule se couche une réponse
De ta première seconde dans la lumière
Laisse-toi aller sur les chemins
Là où tu trouveras ton destin
Et tu y estomperas tous tes souvenirs d'hier.

Pascal ...

Écrit le 16 juin 1987
à la clinique psychiatrique de
l'Hôpital civil de Strasbourg.

1.
LES IMAGES DU MIROIR DE MA VIE

VIE

Vie, tu rimes avec l'infini
Ou peut-être encore avec « qui ».

Pour moi, tu es l'antidote de l'oubli
Qui veut nous emmener dans la profonde nuit,
Là où nous accompagnent à jamais nos soucis.

Pour moi ce que l'autre détruit,
Toi Vie, tu le ramènes vers de merveilleux coloris.

Pour beaucoup tu es l'origine d'un tout complexe,
Me laissant souvent perplexe.

Dès le commencement Vie tu es, mais avant,
Quelle masse informe étais-tu, auparavant ?
Une question qui me met à nu à certains moments.

Désormais je me prendrai le temps
Pour comprendre combien tu es belle,
Tout en étant charnelle et informelle.

Regarde ce que tu m'inspires
Quand le jour est sur le déclin.

Deux mots : « origine, féminin »
Qui racontent ton histoire et soudain
Ce troisième mot sans lequel tu ne serais rien :
« Eau » qu'on peut se représenter comme cristallin.

À la fois essentielle
Pour qu'au soir succède un matin,
Pour la continuité de toi
Qui s'appelle aussi « humain».
Dès les origines
Où tu fus créée par mes mains.

Ainsi ensemble :
« Vie, féminin, origine, eau » vous coulez,
Pour qu'au travers de vous
Prospère l'humanité.

FEUILLE

Tu es l'image de ma vie.

À l'automne, un après-midi,
Je te trouve et te capture
Avec les yeux d'un regard dur.

Oui dur et triste, car je te vois
Te battre pour ne pas permettre qu'on te noie.

L'eau du caniveau te submerge.
Toi, tu ne te laisses pas abattre :

La boue du monde te salit,
Toi, tu luttes pour rester jolie.

Comme nous pourrions le penser
Tu es morte, merci il n'en est rien
Car tu es belle et bien vivante.

L'hiver a beau vouloir te passer dessus,
Tu te ris du farfelu
Et tu marches avec tes forces restantes.

Toi, tu renais à la belle saison, qui succède
À celle remplie de poison.

Et voici que tu deviens
Une fleur belle et authentique
Que tous les ragots et critiques
Ne pourront faner.

Car tu es vivante maintenant et à jamais.

BONHEUR

Bonheur, où es-tu, qui es-tu ?
Accepte ma demande, mon présent !
Es-tu donc toujours absent ?

Bonheur, où es-tu, qui es-tu ?
Bonheur, quel est ton but ?
Me faire du bien, dans quel but ?

Me proposerais-tu le salut ?
Est-ce cela que tu as voulu ?

Bonheur, que fais-tu, ne tarde plus !
Ma vie, elle aussi a besoin de toi,
Car là est toute ma foi.

Quand tu ne me souris plus,
Bonheur, vraiment où es-tu, qui es-tu ?

Je sais que tu es la raison de vivre de chacun,

Tu nous accompagnes sur le chemin.

Bonheur, où es-tu et qui es-tu ?

MY FRIEND

L'amitié, ça commence à deux,
puis trois, et quatre...

L'amitié, c'est ensemble
se battre pour la préserver, garder ses valeurs.

L'amitié, c'est toujours,
parfois au creux de sombres heures,
s'apporter de la douceur avec un but commun.

Marcher sur le même chemin,
main dans la main,
Se savoir aimé et apprécié.

L'amitié, c'est écouter l'autre,
l'amitié, c'est apprendre l'autre.

L’amitié, nous amène à certains moments
À nous pardonner et nous réconcilier,
pour expérimenter la joie et la paix.

L’amitié, c'est goûter à l'amour du ciel
pour le transmettre à lui, à elle.

Enfin l’amitié, tel le plan de Dieu,
c'est le vrai bonheur d'être deux.

QUELQUES PAS...

Quelques pas, quelque part...
Sur le souvenir de mes chemins,
Où Tu voulus prendre ma main,
Pour me remettre sur le départ.

Quelques pas que je voulus faire seul,
Refusant Ton aide, en faisant à ma guise
Je me cache, je me déguise
En l'homme qui pense s'en sortir seul.

Quelques pas avec Toi
Sur la route d'Emmaüs
Où je ne comprenais pas
Que Tu m'aimes toujours plus.

Quelques pas, dans Tes pas
Vers cet horizon lointain
Que j'ai enfin atteint
Pour vivre rien que de Toi.

Quelques pas en parlant de Toi
Mon seul amour
Qui fut présent chaque jour.

Quelques derniers pas vers l'éternité
D'être avec Toi et les nôtres
Pour danser, sur les plus beaux refrains

Et T'aimer Toi, à qui je suis destiné.

LE BOUQUET DE FLEURS

Comme un méli-mélo
De couleurs, de fragrances,
De cœurs et d'essences,

Accepte ce bouquet de mots
Composé avec bienveillance.

Je t'envoie une intime délivrance
Comme une douce évidence,
Sans épines, sans violence.

Mais traitant tes maux
Avec senteurs ou autres substances,
Exotiques en nuances.

De notes parfumées,
Do, ré, mi, fa, sol, la, si, do.

J'AI UN FILS

J'ai un fils qui aimait la vie.
Avec les demoiselles de joie, fêter et rire.
Visiter les endroits interdits
Pour y éprouver plein de plaisir.
Par la débauche, il sombra
Sans le sou, dans un infect esclavage.
Il s'aveugla, perdant le souvenir de moi,
À qui il fit subir l'outrage.

Un jour, il rentra en lui-même
Pensant « J'avais un père qui m'aime ».
Il se dit « Pour lui je deviendrai esclave,
Espérant qu'il enlèvera mes entraves ».
Il ne savait pas que mon plus grand désir,
Était de préparer en son honneur une fête.
Il accomplit là le plus beau repentir
Nécessaire pour annuler sa dette.

Pouvait-il imaginer si grande grâce ?

Que son Père l'attendait au bout du chemin,

Où il découvrit l'amour

Qui jamais ne se lasse,

Propre au Père et son beau dessein.

Dès lors il partagea à nouveau ma demeure,

Délivré de tout son malheur,

Jouissant d'un pur bonheur

À l'abri du filet de l'oiseleur.

2.
HISTOIRES VÉCUES, TOUTES EN PROSE

ROUGE COLÈRE

Quand elle te prend soudainement,
La haine essaie de s'immiscer.
Mais je dis non et je pense en blanc :
À la colère je réponds, sois en paix.

Invite le pardon, demande pardon,
Même si tu te trouves face à un mur,
Laisse-moi panser ta blessure,
Et ne tombe pas dans l'amertume.

Mais laisse-la se dissiper dans la brume.
Ainsi ta douleur soulèvera le poids de l'enclume
Et tu seras léger comme cette plume
Qui sillonne la page blanche telle une complainte.

Ne te laisse pas emprisonner par la contrainte
De celle qui de toi s'est plainte,

Mais dans la joie déguste quelques pintes,

À la taverne où tu clamais l'amour,

Que tu éprouvais depuis le premier jour.

Sois-en fier car tu n'auras pris aucun détour

Pour tous les « je t'aime », dits à chaque carrefour.

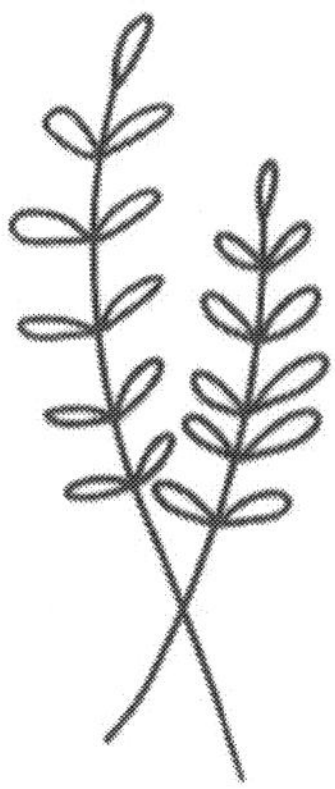

NUIT BLANCHE

Ô nuit, pourquoi n'es-tu pas bleue ?
Tout le long jusqu'au matin : réveil.

Tu ne m'aurais privé de toutes tes merveilles,
Celles qui dans ton ciel se dessinent peu à peu.

Ô nuit, si souvent tu es nuit blanche,
Là où le rêve se nomme absence.

Me proposerais-tu quelques nuances
Entre bleu et blanc, douceur et décence,
De la relation que je pense avoir avec toi.

Et arrêter de me demander : pourquoi ?
Ma principale occupation ce fut toi,
Ma douce et belle nuit blanche.

Qui avec moi danse, danse, danse ...

Blanche - Nuit - Blanche

Nuit blanche

Nuit blanche

Nuit blanche

Nuit blanche

...

AMIE

Je ne t'ai pas revue
Depuis quatre grammes.

D'ailleurs tu me manques
Et mon âme te réclame.

Dans mon chagrin je pars à Paname,
Plus tard peut-être Amsterdam.

Comme tu vois, j'ai la rime facile
Et la plume habile.

Qu'est-ce qui t'inspire demain ?
Pouvons-nous joindre nos mains.

J'te promets nous nous limiterons
À trois grammes.

Ceux qui nous portaient sont les anges et le tram

À partir d'aujourd'hui je décide

zéro gramme.

Et toi je t'accueille, liberté,

Pour un nouveau programme.

Avec toi je me portais comme un charme

Maintenant, amie, je te plaque,

Ne m'en veux pas,

Mais en vérité, je suis mieux sans toi.

C'en est fini, adieu l'amie !

Écrit à Strasbourg, le 17 février 2020,
où j'ai arrêté l'alcool pendant 10 mois.
Aujourd'hui, je me permets de temps à autre
une petite mousse avec sage parcimonie.

JE SAIS !

Je sais donner des choses bonnes
À qui veut bien les recevoir.

Je sais parler de ce que je donne sur du papier.

Je sais ! Mon essai n'est pas très cocasse,
Alors je sais ! Je ne suis pas abandonné.

Des idées traverseront bientôt ma pensée :
L'amour, la bienveillance,
La bonté, la paix, le respect.
Ce, à mon propre égard.

Je sais aimer le beau, j'aime le partager.
Je sais le décrire comme si je l'avais créé.
J'aime et je fais, j'aime
L'enseigner, le transmettre.

Je sais que savoir est important pour moi,
Savoir ce que je ne sais pas.
Par exemple « qui est mon père ? »
Je sais qu'Il est Père.

Je sais accueillir l'amour dans ma vie.
Je sais le mettre en valeur par l'art,
Quelle que soit la forme que je sache faire.

J'apprécie passionnément le septième art !
Je le regarde, je l'entends, je le ressens !
Cela m'inspire de temps en temps,
Dans certains moments isolés de mon infini,
Car j'ai horreur de tout ce qui est fini.

Je sais recevoir Terre ce que tu donnes :
À manger, à boire, à mettre.
Je sais ! C'est bon pour moi et tous les hommes.

Je sais être reconnaissant
Pour ces simples bienfaits,
Je sais ! Ce n'est pas acquis à jamais.
Je sais en abondance en profiter

Dans la mesure où cela m'est donné,
Je sais l'accueillir avec humilité.

Je sais tout cela, et en fait
Je ne sais absolument rien.

Je sais surtout que cela est vanité.
Je sais ! C'est de loin le moins important
De savoir tout cela.

Je sais ! Je suis un paradoxe, je me contredis,
Je suis complètement ravagé.

Mais une valeur sûre dans ma vie :
« Je sais d'où je viens, et je sais où je vais ! »

Écrit au groupe d'entraide mutuelle
AUBE de Strasbourg en mars 2018.

POÈME INTERDIT

J'écoute et j'entends tes doux mots
Qui me font du bien, et taisent
Les douleurs qui encore dans mon cœur pèsent.

Ainsi tu soulages mes maux
S'évanouissant le soir au moment du dodo.

Et lorsque je te les dépose mon esprit s'apaise,
Laissant place à mille sentiments,
Quand songeur sur ma couche, à l'aise,
Je laisse libre cours à mes rêves les plus beaux.

Je regarde et je vois tomber la neige,
Sur les contrées lointaines et glaciales
Où gisait le bonheur
D'une âme qui a soif de vraie chaleur.

Celle de l'amour d'une femme, que sais-je ?
Elle partagerait ma solitude qui d'un baiser s'allège,

Sous l'effet de sa beauté que ne peuvent ternir les heures
Passées à ses côtés comme un rêveur
Qui la voit dans son rêve
Comme un mirage qui se désagrège.

Je m'imagine les tendresses,
Que ses mains feraient sur mon visage
Je désire tant que cela ne cesse
J'aurais tellement voulu avoir son âge.

Cette expression de ses sentiments fait naître des sens
Qui me révèlent mon « moi » qui s'est épris d'« elle ».

Le silence lui-même parlera de tes effervescences,
Même si je vais éprouver ton absence.

Tu resteras dans ce rêve présente ma belle
Que j'immortalise sur cette feuille blanche.

Pascal...

à Nolwen.

RENCONTRE
ENTRE LA TROTTINETTE ET LE VÉLO

Trottinette tu transportes un homme noir,
Vers la rencontre d'un soir,
Vers le vélo de l'homme blanc
À la poursuite du vent.

Tous deux donnant
Une merveilleuse démonstration de l'amour,
Sous le regard de spectateurs
Tels que le ciel et l'azur
Et un soleil réchauffant à pleine mesure
Leurs plus beaux mots et émerveillements
Échangés tour à tour.

Ils filent ensemble à pleine vitesse
Sur la route de la spiritualité,
En cette belle soirée d'été,

Avec comme invités d'honneur
La bienveillance et la gentillesse.

Vélo ami de la trottinette,
Comme petit frère à toujours liés,
Par cette inoubliable fin de journée,
À jamais écrite dans leurs têtes.

Noir et blanc, vélo et trottinette,
Y a-t-il vraiment plus chouette
Qu'une rencontre de deux hommes de foi ?
L'un d'ailleurs, l'autre de là-bas.

LE CHEVAL BLANC

Un jour un homme rêveur,
Admirait un cheval éclatant de blancheur.

Sa magnifique, belle, et longue crinière
À elle seule dégageait une captivante lumière.

L'addition de sa puissante musculature
Portait un homme pleinement mature
En qui l'animal avait foi
Puisqu'il est le grand Roi.

Le cheval blanc était créé
Pour, de la Terre entière, être remarqué.

Ses cordes vocales annonçaient l'espoir,
Dans un hennissement de gloire,
Au galop, la langue comme une épée.

Et l’homme, le Roi qui le montait,
Promettait le plus beau des futurs
À nous, enfants au cœur pur.

Pour un règne qui durera,
C'est la vérité, Il nous attend là-bas.

LE MARIAGE

Mariage ! Ne te fais-je pas penser au chiffre deux ?

Surtout n'oublie rien du soleil qui de ses rayons nous caresse,
Au Zénith de nos merveilles et au sommet de nos promesses,
Le bonheur à son crépuscule brûlera comme le plus beau feu.

Mariage qui dans le creux de la vague,
Ne demande qu'une seule chose, toujours renaître
Au point qu'avec toi, de passion je divague.

Jamais je n'effacerai le souvenir du prêtre,
Qui nous proposa de prononcer un « oui » mutuel,
Et la bague que l'on se passa au doigt
Afin que rien ne puisse disparaître.

Ô Belle, n'oublie jamais, n'oublie pas

Nos préludes, nos fiançailles, nos câlins

Qui nous ont amenés à nous promettre devant le divin,

À vivre ensemble l'Amour avec un grand A.

Ce jour, nous étions destinés à être unis à jamais,

Concevoir par notre étreinte de magnifiques bébés.

Mariage, au bout de tant d'années,

Où jamais nous ne nous sommes lassés,

De réciproquement et authentiquement nous aimer,

Pour cette aventure, qui tu le sais, dure une Éternité.

Écrit pour Amélia, psychologue, afin qu'elle le lise
à la cérémonie religieuse de son mariage.
Poème écrit quelques mois avant,
à la demande de la mariée.

« Je vous donne un commandement nouveau :
aimez-vous les uns les autres.

Oui, aimez-vous les uns les autres
comme je vous ai aimés. »

La Bible, Jean 13:34
Parole du Christ

AU MILIEU DE LA FOULE

Être au milieu de la foule, sans en être.
Être au milieu de la foule et quoi lui laisser paraître.
Être au milieu de la foule, sans la connaître.
Être au milieu de la foule et soudain disparaître.

Être au milieu de la foule et parler.
Être au milieu de la foule et l'aimer.
Être au milieu de la foule et l'écouter.
Être au milieu de la foule et lui pardonner.

Lui pardonner son insouciance.
Lui chanter Dieu et Sa présence.
Au milieu d'elle qui croit en un Dieu absent
Et pourtant bien là au cœur des croyants.

Lui pardonner et nous-mêmes demander pardon
Pour tous ces refrains et couplets
Restés dans nos maisons.

C'est maintenant, c'est aujourd'hui, alors sortons !
Au milieu d'elle pour extraire d'elle le poison
Par des mots bienveillants qui pansent les maux.

Et que ne puisse exister rien de plus beau
Que notre compassion pour l'autre. En avant !
Par l'amour qui s'exprime par un regard,

Un regard doux et apaisant, il n'est pas trop tard.
Mais bien encore assez tôt pour crier "je t'aime".
Au milieu de la foule victime de tant d'extrêmes.

NOËL

Noël, la neige tombe le soir,
C'est Noël et l'espoir
pour les enfants en train de jouer.
Noël naissance d'amour !
Nuit suivie de la lumière du jour.

Plutôt que le business
Abordons Noël avec tendresse.
Noël commercial, Noël biblique,
Lequel des deux nous habite ?
Lequel le plus important ?

Réfléchir en prenant son temps
Que quelqu'un nous aime.
Qu'il y a plus de 2000 ans,
Est venu nous rejoindre
Un bébé et non le moindre.

Comme l'envol d'une colombe
Allant annoncer la paix
En cette calme et merveilleuse veillée.
Noël c'est Noël.

L'argent c'est l'argent.
Noël ne doit pas être que de l'argent,
Mais Noël doit rester Noël.

Pour les peuples de la terre,
Cette Parole est devenue chair.
Noël c'est Noël,

Et peut-être un jour le repos éternel
Pour chaque homme l'accueillant
Avec un cœur d'enfant.

Noël c'est Noël, y a-t-il fête plus belle ?
Noël c'est une délivrance,
Venue comme une semence,
Comme une étoile dans le ciel.

Enfin Noël, c'est la joie pour les plus petits
Aux yeux tout endormis
De veiller auprès du feu,
Chantant l'hymne des cieux.

Noël, c'est Emmanuel.

MON JUBILÉ

Qu'as-tu apporté jusqu'à aujourd'hui ?
Des instants dans un présent libérateur.
Que m'as-tu appris jusqu'à aujourd'hui ?
Jamais rien ne lâcher, avancer avec le cœur.

Mais encore, quoi de neuf aujourd'hui ?
Une nouvelle vision : la croix dans son horreur,
Ayant porté un homme qui l'a supportée sans compromis,
Pour donner de la blancheur à toutes mes noirceurs,
Pour m'emmener vers les hauteurs,
Pour m'enseigner la douceur,
Pour me montrer la simplicité du bonheur.

Et tout cela, dans quel but ?

Me donner de l'assurance

Dans les versants abrupts,

D'une vie qui m'a amené

À une délivrance

Qui abonde de paix.

Me rapprocher de ce qui n'est que le début

De l'histoire d'un bébé,

Un jour au monde venu

Au moment du premier Noël,

Il y a plus de 2000 années.

Pour que 2019 soit mon beau et merveilleux jubilé.

Strasbourg,
le 7 mars 2019,
à mes 50 ans.

UNE AUTRE PAGE D'AMOUR

Dimanche, 21h20, à quoi je pense ?
Si ce n'est à tourner une page d'amour,
Pour en parcourir une nouvelle,

Celle qui chaque jour,
Dans le cœur se révèle,
Dans le calme et la confiance.

Mon Dieu, que la vie est belle !

Quand je garde cette espérance
Sûr que rien n'est fini à toujours,
Mais que bel et bien, une autre page d'amour
Dans notre histoire pointe son nez chaque jour.

À nous de l'écrire à notre tour.

Écrit le 1er janvier 2018
à 00h01.

DE VENDREDI À DIMANCHE

Il est 3h de l'après-midi,
Mon Dieu pourquoi m'as-tu abandonné ?
Puis il dit ceci « Tout est accompli ».
Satan croit avoir gagné.
Il se dit « J'ai réussi,
Il va enfin se prosterner ».

En fait, qu'ont-ils bien pu se dire
Frères et sœurs, j'ose l'écrire
Satan s'adressant à Jésus
dit « Reconnais que je t'ai battu ».

Christ garde le silence
Dans cette effroyable absence
De son Père en cet enfer.
« Aurais-je perdu la guerre,
M'a-t-il vraiment abandonné ?»

Aurait-il pu dans le doute penser
Quelle douleur horrible,
D'une confiance passée au crible.

Mais le temps passe, dans l'abîme de la terre
Le diable s'affaiblit.
Devant l'Ode à la vie,
La sombre nuit par la Sainte Lumière
S'estompe et pâlit.

Le mal ne sait plus quoi faire
Voilà que le jour du Seigneur
Arrive en cette Pâque particulière
Et unique dans l'histoire de la Terre.

Ô mort reste dans ta misère
Jésus est ressuscité !
Il a satisfait le Père,
Il est vraiment ressuscité !

Le fils de Dieu s'est emparé
Du trousseau des clés
Qui ouvrent la cage où dort
Le pouvoir de la mort.

Oui, il n'est plus,
C'est lui qui a perdu.
Il a été vaincu
Par le Christ Jésus.

Les entraves qui retenaient
Les enfants de Dieu
Sont consumées à jamais
Dans le brûlant et éternel feu
Les libérant ainsi du courroux.

3.
PAROLES REÇUES ET PRIÈRES

TA MAIN, TES YEUX

C’est Ta main qui sur moi se pose,
Avant même que mon corps n’éclose.

Ce sont Tes yeux qui sur mon visage se posent,
Avant même qu’un premier mot je n’ose.

C’est Ta main qui fait briller le soleil,
Afin que je me rende compte,
De l’obscurité qui enveloppe
Mon péché, ma honte.

Ce sont Tes yeux qui d’un regard émerveillent
Et éclairent mon cœur profondément triste,
De s’être abandonné à des plaisirs qui persistent.

C’est Ta main qui du bout du doigt
Me montre le chemin
Que Tu as préparé pour moi.

Et ce sont Tes yeux qui ne cessent de me suivre,
Avec un regard m'encourageant à poursuivre
La vie que Tu as insufflée dans mon corps :

Magnifique, précis, complexe et beau,
Qui provoque l'ego des gens sots,
Ceux qui se moquent et avec Toi
Ne sont pas d'accord.

Ceux-là, je Te les remets,
Car ils ne savent pas qu'ils ont tort.

Ils jalousent les enfants que Tu aimes,
Et oublient que de Toi, aimés ils sont.

Je souhaite qu'ils puissent devenir bons.
Pour cela, pleure dans leur cœur, sème en eux
La semence de la repentance.

Et que de joie ils dansent,
Car ils auront évité la mort de peu.

PRIÈRE AU PÈRE

Qu'au fond de mon cœur,
Je me souvienne que j'ai un Père.

Quoi qu'il advienne, ou que je désespère,
Que mon âme et esprit
S'y tiennent, dur comme fer.

Que ce soit dans les bons ou mauvais jours,
Ou qu'il y ait pénurie d'amour.

Qu'il y ait abondance des fruits de la terre,
Que nous soyons dans la disette.

Ou que nous n'ayons même plus une allumette,
Pour nous réchauffer en hiver.

Que nous puissions garder en mémoire,
Que Tu es la solution
Lorsque nous gagne le désespoir,
Ou encore face à la tentation.

Que partout sur la Terre,
Tu entends nos prières.

De la bouche des petits ou des grands
Elles nous mèneront tous
Vers le firmament promis.

En effet, Tu n'es pas sourd à nos cris,
Mais Tu réponds à la détresse de Tes enfants.

Je ne suis pas orphelin,
Mais bel et bien le fils du Père
En tant que cohéritier du Christ.

Que cette vérité dans mon cœur persiste
Jusqu'au jour d'un beau matin,
Où avec Toi à nouveau,
Je partagerai le pain,
Que Tu réserves à ceux qui résistent.

Et enfin merci parce que dans mes prières,
Je puisse T'appeler « Mon Père ».

AMEN

NE M'OUBLIE PAS

Ne m'oublie pas, le soleil n'est plus là !
N'ai-je donc plus place dans ton cœur ?
Je veux t'offrir une éternité de bonheur,
Par amour vrai et unique pour toi.

Ne m'oublie pas, si ailleurs tu t'évades
Dans les souvenirs de Jade,
Qui vit dans tes jardins secrets.
Je suis passé par là, tu sais.

Ne m'oublie pas, prends ma main,
Emmène-moi avec toi
Vers ce beau et noble destin,
Depuis si longtemps écrit pour toi.

Ne m'oublie pas, reste avec moi !
Il y a toujours une place pour toi,
Je ne suis pas loin de toi.

Je t'attends dans ton rêve là-bas.

PAROLES À MÉDITER 1

« Le perdant dit ce qu'il va faire, s'il gagne
Et le gagnant sait ce qu'il va faire, s'il perd »

Claude Jeuch

PAROLES À MÉDITER 2

Dieu parle par Son silence
Et non par l'absence
Car Son silence
Est présence.

Pascal...

PAROLES À MÉDITER 3

À tous les couples !

L'amour est comme une vague qui dans son creux ne demande qu'à renaître.

Pascal...

PAROLES À MÉDITER 4

Le manque d'amour est la plus grande pauvreté.

Mère Térésa

Sa vie et son œuvre m'ont beaucoup inspiré

LE JOUR OÙ TU M'AS DIT

Le jour où Tu m'as dit « Qui suis-Je ?»
Je ne T'ai pas entendu me le demander,
Parce qu'obsédé par mon identité,
Je me demandais
Constamment « Qui suis-je ?».

Le jour où Tu m'as dit « Je t'aime »,
De ma vie Tu as annulé l'anathème.

Le jour où T'aimer pour moi a pris un sens,
Je fus guéri et libéré de Ton absence.

Le jour où Tu m'as dit :
« Viens dans Ma présence »
J'ai fait simplement un premier pas,
Vers Toi Père de mon innocence,
Que j'avais quand j'étais auprès de Toi.

Le jour où Tu m'as dit « Aie confiance »

Ta main vers moi tendue, j'ai saisi.

Là enfin j'ai compris qu'une belle histoire commence.

Une histoire où n'existe pas le mot fini.

ENFER

Enfer, rimerais-tu tellement avec Terre ?
Es-tu l'image de nos chaînes de fer,

Ou simplement es-tu repaire
Du brigand, du voleur ?
Cachette du destructeur
Qui de nous n'en a rien à faire ?

Destructeur dénué de tout sentiment
Quand ce qui est ressenti, ment.

Es-tu synonyme de flammes ?
Ou ressembles-tu à d'envoûtantes femmes ?

Oserais-tu me répondre
Et avec toi me confondre ?

Certain je suis, que tu n'en feras rien,
Car tellement différents, nos chemins.

Moi je peux à ta place répondre
Car fini j'en ai de me morfondre.

Écoute enfer, tu sais mieux que quiconque,
Que tu es l'éternel tombeau des impies,
Ennemi d'un royaume d'amour infini.

En trois vers pour finir, je peux te décrire :

Tu es la prison qui a pour compagnon le remord,
Et cela s'appelle la mort.

Tu es séparé à jamais du peuple racheté.
De Celui qui se nomme amour et bonté.

Enfin tu es destiné à rester seul dans la souffrance
Avec tes pauvres disciples sans plus aucune
espérance.

AMERTUME

Amertume, parfois tu envahis
De tout ton poids mon âme.

Coup par coup tu martèles ma vie,
Tu espères que je te réclame.

Tu n’es après tout qu’un sentiment,
Un ressenti qui me ment.

Amertume, lorsque tu es confrontée
À la sainte Parole qui t'ordonne
De me laisser, moi qui pardonne.

Tu n’as plus qu'à t'en aller
Vers les régions arides et désertes,
Car destinée tu es à perdre la guerre.

REGARDE ET VOIS !

Mon enfant, regarde et vois !
Ce monde qui a été créé au son de Sa voix
Dans lequel Il t'envoie.

Puisses-tu rayonner de Lui.
Promène-t'y et vois le pauvre qui crie !
Donne-lui ton écoute, avec lui prie !

Du dedans de son cœur efface le doute !
Quoi qu'il en coûte ! Mange et parle avec lui !
De l'existence de Celui qui est à l'origine,
De ce que tu es en train de lire.

Afin qu'à ton tour tu puisses dire et écrire,
L'amour qui désamorce toutes les mines
Du mal dans ta vie, prêtes à te faire sauter.

Dans l'oubli de ces quelques lignes,

Du péché qui grandit

Comme une tumeur maligne.

Mais qui peut guérir avec un seul verbe :

« Persévérer »

Pascal...

PREMIER JOUR EN PRISON

Je fus écroué le 4 février 2016

Versets reçus
le premier jour
de mon incarcération,
de la part de Dieu :

« Mon fils,
ne méprise pas la correction de l'Éternel,
Et ne t'effraie point de Ses châtiments. »

La Bible, Proverbes 3:11

« Car l'Éternel châtie celui qu'Il aime,
Comme un père l'enfant qu'il chérit. »

La Bible, Proverbes 3:12

VERSET MIRACLE

Qui changea le reste de ma peine
de façon miraculeuse

« Nous savons, du reste, que toutes choses concourent au bien de ceux qui aiment Dieu, de ceux qui sont appelés selon Son dessein. »

La Bible, Romains 8:28

Verset reçu de Dieu
pour la Pâque en mars 2016
à Oermingen, Centre de Détention.

QUI JE SUIS

Une nuit,
dans la solitude de ma prison,
j'ai écrit ceci :

« Je ne suis pas heureux ni fier d'être en prison, mais je suis heureux, pardonné, libre et délivré de toutes mes addictions en prison.

Par la grâce et la miséricorde de Dieu, maintenant je sais qui je suis :

Je suis Pascal ,

L'adopté du Père. »

PAROLE REÇUE DU CHRIST

Parole du Seigneur,
reçue peu de temps
après ma sortie de prison,
fin juin 2017

Jésus m'a dit :

« Moi j'ai en horreur le péché, mais pas le pécheur.

Toi tu as maintenant le péché en horreur, mais tu as aussi le pécheur en horreur. Et tu as en horreur le pécheur que tu es.

Je t'ai appelé à recevoir le pardon que tu as accepté de ma part.

Alors mon enfant, laisse-moi te montrer comment, pas après pas, tu réussiras à te pardonner à toi-même.

Et ainsi tu t'aimeras, tu accueilleras et tu donneras le pardon dans ton cœur à tous ceux qui t'ont blessé.

Pour toi, c'est chose impossible mais fais-moi confiance,

Laisse-moi faire, laisse-toi faire, alors oui ce sera possible.

Et un jour le miracle de la vraie liberté tu vivras.

Je t'aime Pascal.

Reçois ma paix. »

Ton rédempteur,

Jésus

MERCI

Je te remercie Dieu, pour cette vie que Tu me donnes,

Riche de mille choses bonnes ou mauvaises, elles furent édifiantes à tous points de vue.

Et celles à venir, les meilleures.

Tu as toujours été là Dieu mon Père et Tu continueras de l'être.

Merci à Toi pour tous les frères et les sœurs dans la foi,

Et pour tous les amis qui sont chers à Tes yeux et à mes yeux.

Merci pour les nouveaux amis à venir.

Qu'à Toi seul reviennent la louange, l'honneur et la gloire, Agneau de Dieu !

Amen !

Ton enfant, Pascal...

JE VEUX AIMER

Te dire Seigneur « Je choisis la vie »

ou te dire

« Je veux aimer ! »

Pour moi est un acte de volonté qui m'est impossible,

Parce que « aimer » c'est Toi,

« Je veux aimer ! »

Est-ce que je réalise au moins ce que c'est ?

« Je veux aimer ! »

Pour y arriver, Il faut que je renonce à mon moi.

« Je veux aimer »

Toi en premier et m'oublier un instant

Comme le moment

De contempler l'abeille qui butine une fleur
Ou comme Toi qui m'aimes moi.

« Je veux aimer ! »
Certainement Tu me dévoileras
Par ce désir la route qui me libérera et me guérira.

« Je veux, aimer ! »
Qu'est-ce ? M'aimer moi-même,
Aimer mon prochain, T'aimer ?

Je suis incapable humainement de le faire
Mais parce que c'est Toi qui fais,
Je peux me saisir de cette merveilleuse espérance
Qu'avec Toi ce n'est plus un rêve
Mais la réalité de Ton amour
Pour moi pauvre pécheur
Qui à Tes yeux a de la valeur.

Merci Seigneur, Amen.

Pascal...

4.
MA FAMILLE

IVRESSE DE L'AMOUR

Je suis là à penser qu'un jour ce fut triste
De subir un chagrin d'artiste,
Partagé entre guerre et paix.

J'inonde ma peau de larmes salées,
C'est ainsi, qu'émerveillé et pacifiste,
Dans le plus profond, je persiste à oublier
L'amour qui au fond de moi subsiste.

Pascal...

À Corinne
avec qui j'ai partagé
sept années de ma vie.
Puisses-tu me pardonner !

LA ROSE

Ma petite rose lorsque que tu es rose,
Je t'écris mon amie ma plus belle prose
Et les sentiments qui en moi éclosent
Me révèlent les mots que je te dépose
Devant ta porte close
Alors un nouvel espoir, j'ose.

Lorsque tu es rouge,
L'amour en mon cœur bouge
Et tressaille pour toi d'émoi
Quand je te retrouve là-bas
Dans notre jardin secret
Au cœur de nos plus beaux étés.

Lorsque tu es jaune,
Je pense à l'enfant à côté du Trône
Depuis le jour où il est parti

Vers sa nouvelle patrie
Par une route ornée d'autres fleurs
Libérant son parfum et sa bonne odeur.

Lorsque tu es bleue,
Je me souviens de la vie à deux
J'aurais voulu te peindre
Pour ne pas me plaindre
De ce monde qui se fane
Et voulant taire à jamais mon âme.

Enfin lorsque que tu es blanche,
C'est sûr, tu es ma verte espérance
Calme comme le doux silence
Qui me berce en ton absence
Oui rose j'ai cette assurance
D'être un jour là, dans ta pure présence.

Pascal...

À Corinne.

PAPA

Papa, je ne t'ai jamais vu,
Et cela dès le commencement,
Mis à part quand je me regarde dans un miroir.

À cet instant, je veux être pour toi rempli d'espoir.

Papa, je ne sais si tu es encore vivant,
Si ce n'est dans les souvenirs de maman.

Je pensais souvent à ce fantôme le soir,
Comme à ton visage de ma mémoire, absent.

Tu ne soupçonneras sûrement pas
Que fréquemment un petit garçon pense à toi,
Qu'il se demande qu'a bien pu faire son père.

Chasser la rancœur, la colère,
J'en ai enfin fini, car il y a tous ces hiers
Où régulièrement je te confiais au Père.

C'est pour nous deux et Maman
Que monte ma prière.

C'est à ce Père que j'ai remis ma douleur,
Certes elle sommeille en mon cœur.

Mais je veux te transmettre tout de même,
Mes plus sincères sentiments et t'écrire

« Je t'aime ».

Ton fils Pascal

À mon père
que je n'ai ni connu et ni vu.

L'ENFANT

Et l'enfant attendait sagement
Dans la poussette, il faisait risette
À sa maman qui regardait vers l'orient
Si le papa allait revenir du lointain horizon.

Elle ne pourra jamais dans son cœur donner
Le pardon nécessaire à la réconciliation.

Pascal...

PETIT FRÈRE

Premier jour de l'an 1974, tu vis la lumière.
Aujourd'hui tu dois être, je ne sais à quel endroit,
Dans une famille que je ne connais guère.

Mais pour l'heure je suis persuadé
Que tu es un homme droit.
Quelle est ta religion ?
Quelles sont tes passions ?
As-tu comme moi tant d'émotions ?

Dans ma tête, je tiens une conversation
Avec quelqu'un qui me mène à ta rencontre.
Qui pourrait aller contre le fait
Qu'à toi un jour je me montre ?

À cet instant, de tristesse je m'effondre
Car toutes mes pensées,
Pendant que glisse ma plume
Sur le papier de mes larmes mouillées,
Te sont dédiées.

Alors pour que le feu de joie s'allume
Dis-moi ce que tu feras plus tard,
Que je puisse avant de m'endormir,
Adresser à Dieu ma prière du soir.

Car je suis certain que vers moi elle te fera venir,
Toi le frère que je n'ai jamais vu grandir.

Ton frère Pascal...

À mon frère de sang, Fabien,
que je n'ai jamais connu.

MAMAN

Maman,
Tu es la femme que Dieu a choisie
Pour me faire voir la lumière du monde.

Par un père qui était ce qu'il est,
Tu fus enceinte.
Même si tu l'as peu connu,
Je refuse toute plainte.

Dieu nous a mis à part, toi et moi
Pour nous garder et nous protéger
Sur un chemin de vie.

Maman, tu es comme tu es
Et c'est ainsi que je t'accepte et t'aime
D'un amour non pas humain
Mais divin comme un poème.

La vie ne t'a pas toujours fait de cadeaux
Ainsi, tu t'es battue avec la force que tu as,
Pour moi. Ô Dieu que c'est beau !

Il m'a fallu de nombreuses années
Pour réaliser cela,
Peut-être même jusqu'à aujourd'hui,
Jour de fête pour toi.

Je te demande pardon
Pour la distance que j'ai mise entre nous deux,
Ô combien de fois
Je t'ai blessée avec une colère de feu.

Oui pardon, car aujourd'hui j'ai compris
Qu'avec ta simplicité
Tu as fait au mieux pour m'éduquer.

Dans cette vie de solitude,
Je comprends ta solitude.
Mais tu n'es pas seule
Car je suis là et Dieu est là.

En ce jour particulier,

Je veux t'adresser tous mes remerciements
Pour la femme que tu es,
Pour la mère que tu es pour moi,
Pour le combat que tu as mené pour moi.

Je pourrais avec mes mots
Continuer des lignes entières
Mais je pense avoir dit l'essentiel
Car le reste je l'écrirai
Sur le livre de mon cœur
Qui parle de toi
Comme d'une unique femme.

Merci pour tout,
Que tu sois bénie pour l'amour,
Qu'à ta manière
Tu partageas chaque jour.

Bonne fête maman !

Ton fils Pascal

Fête des Mères,
Strasbourg mai 2018.
Lu, le jour de son enterrement
en septembre 2021.

MAMIE

Je ne sais comment commencer cette lettre.
Est-ce qu'au moins tu es prête
À entrer un beau jour
Dans un royaume d'amour ?

Tu te souviens, je t'en ai parlé souvent.
Certes, bien des fois maladroitement.

Je te l'écris aujourd'hui,
Jour que je ne peux oublier.
Jour où tu fus née.
Jour de grâce inouïe,
Sans lequel je ne t'aurais connue.

Tu me disais "m'as-tu vue ?"
Oui, mamie, en toi j'ai vu
Un Amour que tu n'as jamais perdu.

Que dire de ces 91 roses,
Que j'honore avec ma prose.

Oui, il y a 91 ans maintenant,
Tu arrivais dans un monde méchant.

Tu es passée par bien des routes escarpées.
Tu te demandais "Est-ce bientôt fini ?",
Tellement ta souffrance te déchirait
Le cœur, l'âme et l'esprit.

Mais ton espoir, tu l'as toujours placé
En tes garçons que tu as tellement aimés.

Certes, aujourd'hui ils sont ailleurs.
Mais ils sont vivants dans ton cœur,
Car jamais tu ne les a oubliés.

Sache que tu peux être fière de toi.
Qui sait, peut-être ils t'attendent là-bas.

Il y eut aussi des instants de lumière
Pour éclairer tes sentiers sombres
À cause de tant d'ombres.

Jamais tu ne t'es plainte en la rivière
De ta vie où, sans répit, tu as nagé
Pour ne pas te noyer.

Pour tout ça je veux te faire un câlin
Moi, Pascal, ton fils de cœur,
Qui ai emprunté le même chemin
De souffrances et de douleurs.

Je te le fais avec tes neveux et petits-enfants
Qui te font la fête en ce bel instant.

Aujourd'hui, en faisant cette relecture
De ton exemplaire parcours,
Je suis émerveillé
Même s'il n'était pas parfait.

D'ailleurs la perfection en ce monde
Où la menace gronde
N'a jamais réellement existé.

Oui, ce que je te souhaite en ce jour,
C'est qu'avec ta simplicité,
Ta sincérité et ton authenticité
Tu puisses dire oui à l'Amour
De Jésus qui t'aime depuis le premier jour

Et Moi aussi je t'aime.

Même, si en vérité,

Tu n'as jamais su nager
Tu n'iras jamais à la dérive,
Car, certain, je suis
Que tu atteindras l'autre rive
Que le Seigneur a promise.

Pascal...

MON ESPOIR

Frère de cœur, demeure
Quelques pas avec moi
Vers le saint Ciel avec foi.
Laisse au pays de l'oubli ta rancœur
Comme j'ai laissé là-bas la mienne pour toi.
Dans mon intérieur coule une pluie d'émoi
De pouvoir un seul jour te retrouver
Et vivre avec toi l'ineffaçable paix
En acceptant un sombre et triste deuil.
Pleuvoir sur cette feuille
Toutes les larmes de douleur
Si je te perdais frère de cœur.

Pascal...

Écrit, le 4 mars 2020.
J'ai réalisé, ce jour,
que j'ai toujours aimé mon frère
et j'ai donc décidé
de lui donner mon pardon.

ADIEU FRANGIN

En ce douloureux instant
Pour toi mon bien-aimé Constant.

À présent nous ne sommes plus que trois,
Notre aîné Bruno, le cousin Alain et moi ;
Tous les garçons que Mamie a chéris, un à un s'en vont.

Elle, elle reste, malgré sa souffrance
De supporter notre absence.

Je pense à vous mes frères,
Assis dans mon sanctuaire,
Où je fais monter ma prière,
Dans laquelle je demande la fin de notre guerre.

Puisse venir cette nouvelle ère
Où à nouveau nous pourrons nous aimer
Et retrouver enfin une véritable paix.

Je nous le souhaite en pensées sincères ;
Que cela puisse se faire
Afin qu'à jamais Mamie soit soulagée
De tout ce qu'elle a souffert.

Tous ces mots pour toi
Sont autant d'eau qui coule
Quand les souvenirs se déroulent
Comme un fleuve d'eau vive
Sur ce papier glacé
De mes larmes trempé
Qu'il repose en paix
Au bord de l'autre rive.

Ton frère Pascal ...

Strasbourg,
le 28 avril 2020,
jour où mon frère est parti.

J'AI CHOISI DE VIVRE

Je suis rentré pleinement dans le deuil
De ma mère adoptive
Pour qui je me recueille.

Elle est maintenant sur l'autre rive.
Elle qui encore me captive
Par sa bonté et sa douceur
Que jamais je n'oublierai.

L'éternité ne pourra de ma mémoire l'effacer.

Mes mots s'épuisent,
Car mes larmes en submergent le cœur
Dans la solitude de ma chambre
Et le secret de ma prière

Vêtue d'un beau parfum, d'une ambre
Aux senteurs de l'eau claire,
Qui coule sur mon visage.

Reçois cet hommage
Comme une rivière au printemps
Après le gel de l'hiver.
Va rejoindre tous les êtres chers,
Je l'espère dans la présence du Père.

Que de souffrances, ma chère mère,
De ne pas avoir été là
Devant ton cercueil
Pour faire monter ma pensée dernière
Pour t'accompagner dans l'au-delà.

Je choisis de te dessiner dans le nuage
Du doux rêve qu'il me reste de toi,
à qui je rends ce dernier hommage.

Mon réel espoir,

Pour ton plus grand bonheur

Et le mien malgré ma vive douleur,

Est que nous puissions tous un jour

A nouveau nous donner la main

Et danser, chanter comme troubadours,

Quand aura sonné la trompette de la fin.

Je suis heureux de savoir

Qu'enfin se termine ta peine

Laissant place aux couleurs du ciel au soir

Où tu contemples déjà je l'espère la sienne

Qu'Il a éprouvée par les clous

Qui ont percé Ses Pieds et Ses Mains.

Certains diront ce ne sont que des clous.

Oui, mais les clous de la cruauté de l'être humain,

A l'encontre du Fils du Père.

Laisse-toi porter par mes prières.
Envole-toi à Sa rencontre
qu'à toi Il se révèle et se montre...
qu'Il reçoive favorablement ma requête
et qu'Il t'accorde Sa faveur
Et qu'avec toi la fête je puisse revivre.

Tu n'es plus là et je suis dans la douleur
Mais ce n'est pas grave car je choisis de vivre.

Nous nous reverrons un jour
dans le plus beau des décors
à baigner dans Son Amour.

Mais pas encore, pas encore.

Ton fils de cœur,
Pascal...

A ma mère adoptive,
Marthe.

5.
EN CONCLUSION

DEPUIS

Depuis cette fragile enfance,
Où, vulnérable, j'étais face à ma guerre
Qui m'a privé de Ta présence,
Toi, le Divin que je ne connus guère.

Depuis cette chaotique adolescence
Qui me conduisit dans cette dépendance
De croire que j'étais le Fils du Père :
Quel effroyable non-sens
Qui a bien failli me mettre sous terre.

Depuis le jour où je vivais à deux
Ces terribles et dangereux travers
De ces comportements pervers
Qui m'auraient fait mourir peu à peu.

Depuis, qui pourrait aller à l'encontre
De cette merveilleuse rencontre
Qui me donna de saines pensées
Que librement je dépose sur le papier.

Depuis cette longue course
Sous le scintillement de la Grande Ourse,
Je courais pour m'extraire à cette dépendance
De l'amour, à la fois érotique et dépourvu de sens.

Depuis ma foi en une étoile un soir d'été,
Plus brillante et plus blanche
Que tous les autres soirs où le ciel fut voilé
Et qui me révéla que de Toi, Papa, je suis aimé.

Depuis l'instant où enfin je compris,
Qu'être en couple dans sa vie
N'est pas une fin en soi
L' essentiel c'est d'être à jamais avec Toi.

PAPILLON

Infime et insignifiante petite chenille,
Jadis tu t'efforçais de survivre
À ce qu'il n'est pas souhaitable de vivre.
Mais le Père a fait de toi chose qui brille.

Sans personnalité, sans aucun repère,
Au long de cette croissance dans la galère,
Tantôt dans l'abondance, tantôt dans le caniveau,
Entraînée vers l'égout avec le poids du fardeau.

C'était la saison automne hiver
Où tu fus régulièrement dans les faits divers.
Puis est venue la rencontre avec cet inspecteur
Qui t'ouvrit le cœur pour le Seigneur.

Et maintenant te voici au printemps de ta vie.
De la chenille à la chrysalide que tu étais,
Est née une créature, par Dieu façonnée et colorée
Devenue papillon dans son envol vers l'infini.

J'ÉCRIS

J'écris pour me présenter à mon prochain.
J'écris pour partager.
J'écris pour témoigner.
J'écris pour faire du bien.
J'écris pour relire ma vie.
J'écris car je trouve cela positif.
J'écris dans l'espoir d'encourager.
J'écris aux mal-aimés des vers d'amour.
J'écris parce que j'aime danser avec les mots.
J'écris mes douleurs avec mon cœur.
J'écris pour alimenter et transmettre ma foi.
J'écris car cela me vient du ciel.
J'écris pour vous décrire mon affection à votre égard.
J'écris comme jetant une ancre à la mer.

Enfin, je pose sur le papier l'encre
qui exprime le cœur du Père.

LE MOT DE LA FIN

Soyez mes chers lecteurs, mes chères lectrices, tous infiniment et richement bénis de Dieu.

Jésus te tend la main à toi aussi, mon ami.

Avec l'aide de l'Esprit.
Écris-Lui avec ton cœur ton oui
Si tu veux croire en Son Amour infini
Ce sera entre toi et Lui !

Alors Il déversera sur ta vie
Sa bienfaisante pluie.
C'est à toi, l'ami !

Bonne route l'ami,
Maintenant tu pourras
Te confier en Lui
Tu n'es plus seul !
Il est avec toi

Un frère, Pascal...

N’hésitez pas à me contacter,
je serai ravi d’échanger avec vous :

ladoptedupere@gmail.com

REMERCIEMENTS

Je dédie ce livre de poésie à toutes les personnes qui me suivent. Je leur adresse mes sincères remerciements pour leur soutien et leur affection à mon égard.

À mes oncles et tantes, Mamie, Maman, Dandan et Oncle Alle, mes frères, Parrain, Marraine et Corinne, cousin et cousines,

À Charlotte, Romane, Mathilde et leurs parents Jérôme et Roselyne,

À Denise et Claude, Christiane et Robert, Elisabeth et René, Kurt et Danielle, Chantal, Frédéric et la douce petite Mélodie, Raymond et Ginette, Merrie,

À mes amis : Samuel, Steve, Jean-Charles, Anne, Pascale, Claude Huck, Eric et Martine, Corinne T et Christian W,

Et pour finir, à Dr Pierre Laplace, Dr Zimmermann, Marie-Claude, Ghislou, Marie-José, Stéphane, Régine et Meïra, Marie-Anna, Christine et Bruno Eberlé et tous les autres...

MERCI À VOUS TOUS !

Avec toute mon amitié,

Pascal Kropp...

Une petite explication sur la signature de mes œuvres.

Claude, mon père spirituel, me répondait souvent avec beaucoup d'affection, ceci en alsacien :

« Pascal und kein end »

Cela veut dire littéralement, traduit en français :

« Pascal et pas de fin »

D'où ma signature :

Pascal... (trois petits points, pas de fin)

À PROPOS DE L'AUTEUR

Je m'appelle Pascal et je suis né le 7 mars 1969 à la maternité de l'hôpital civil de Strasbourg, d'une maman malade et abandonnée par mon père.

J'ai passé une enfance plus ou moins paisible dans le quartier de la Meinau à Strasbourg dans ma famille d'accueil.

En décembre 1986, nous avons déménagé dans la maison familiale de mon frère de cœur à Strasbourg-Neudorf.

En juin 1987 survint ma maladie psychologique qui, je pense, était latente dès le ventre de ma mère.

Par la suite, j'ai emménagé seul début janvier 1993 au deuxième étage de la maison où nous résidions. Ce fut le premier pas vers une vie autonome. J'y fus très vite rejoint en février 1993 par ma compagne Corinne avec qui j'allais partager une histoire d'amour pendant sept ans.

Fin 1999, nous avons emménagé à la Montagne-Verte, toujours à Strasbourg. Six mois après, notre relation s'éteignait. J'ai gardé l'appartement et y ai vécu seul pendant seize ans. Depuis 1986, j'avais toujours travaillé. Mon premier emploi stable s'était déroulé en ESAT, duquel j'étais sorti au bout de cinq années de service apprécié. Par la suite, j'ai pu passer mon permis de conduire, avec l'appui précieux de ma compagne.

Muni de ce sésame, j'ai travaillé jusqu'en 2000 comme chauffeur-livreur dans le transport frigorifique. C'est à cette date que Corinne et moi nous sommes séparés. Force m'a été de reconnaître que les torts étaient entièrement de mon côté. Je la perdais, elle ne pouvait rester avec moi, mes fautes avaient brisé deux vies.

Cette rupture fut très douloureuse. Elle s'ajoutait à un contexte particulièrement lourd. Dans mon enfance, j'avais été sensible à la foi. C'est donc un peu naturellement que j'y cherchai un secours. Je me suis mis à fréquenter plusieurs communautés chrétiennes. Ce furent les premiers soubresauts d'une vie nouvelle, qui allait encore mettre un certain temps à éclore.

J'intégrai ainsi un nouveau cercle d'amis. Ensemble, nous partagions nos fardeaux et priions les uns pour les autres. Je vécus donc comme un exaucement le fait que j'obtins le « certificat de capacité d'ambulancier », qui me permit d'exercer cette profession pendant quatorze ans, jusqu'en 2016.

Cette carrière fut interrompue par un délit sérieux que je regrette encore amèrement aujourd'hui et qui m'a fait passer par la case prison. Au centre de détention où je fus écroué, j'ai expérimenté un cœur à cœur intense avec DIEU.

Durant cette sombre période, j'ai appris à tout abandonner entre les mains de Dieu et à Lui laisser l'entière gouvernance de ma vie. La coopération – j'ose le mot ! – qui s'est mise en place entre Lui et moi m'a permis de sortir des diverses addictions qui auraient pu être létales. Et surtout, Il a commencé à agir en moi en douceur, et à me transformer en profondeur par la lecture et la méditation quotidienne de la Bible, Sa Parole, manifestant ainsi très concrètement Son amour de Père.

Dans le centre où j'étais détenu, je fus employé comme agent des espaces verts pendant toute ma peine. J'y ai vécu en homme libre et affranchi de toutes ses fautes par la grâce du Seigneur Jésus-Christ.

À ma libération en juin 2017, j'ai emménagé provisoirement dans une chambre à Schiltigheim grâce à l'action bienveillante de l'association Gala, aujourd'hui appelée ARSEA Gala. Durant ce mois, alors même que les perspectives s'annonçaient difficiles, voire pénibles, j'ai expérimenté une extraordinaire paix intérieure. À la fin de ce mois, j'ai été relogé, toujours à titre provisoire, pendant quatre années dans le quartier de Neudorf.

L'association ARSEA Gala m'a permis de me reconstruire psychologiquement en m'offrant des activités et entretiens réguliers assurés par une équipe et une psychothérapeute tous très compétents et très emphatiques. Quatre ans plus tard, en 2021, j'emménageais définitivement à Lingolsheim dans un logement indépendant.

Pour compléter cette présentation de mon parcours, en 2019 j'ai travaillé une année au jardin de la Montagne-Verte, en entreprise de réinsertion ; en septembre 2020 j'intégrai le lycée agricole d'Obernai et en sortis fin juin 2021 avec le brevet professionnel en aménagement paysager, à l'âge de 52 ans.

Aujourd'hui, mon état de santé physique ne me permet malheureusement plus d'assumer ce travail ; je rêve désormais d'obtenir le diplôme de pair-aidance qui me permettrait d'accompagner des personnes en détresse psychologique.

Toutes ces expériences m'ont amené à faire du mot « Persévérance » le mot-clé de ma vie.

J'ai écrit ce recueil de poésies autobiographiques pour témoigner des merveilles que Dieu a accomplies pour moi, comment Il m'a permis de trouver le sens de ma vie, et enfin et surtout, comment Il m'a aidé à découvrir qui je suis : Pascal, fils de Dieu.

L'auteur

ladoptedupere@gmail.com

NOTE DE L'ÉDITEUR

Je ne suis pas trop « poésie ». Habituée à contribuer à narrer des histoires de vie dans un mode plutôt storytelling, l'approche de Pascal m'a surprise.

Lire de la poésie, c'est ralentir. C'est remarquer les détails. C'est s'associer à l'auteur quand il souligne un point ou veut faire passer un message parfois indécelable à la première lecture.

Rapidement, j'ai réalisé que le but de Pascal était tout simplement de partager, avec naturel et profondeur, son parcours de vie et raconter comment Dieu a gagné la bataille sur le côté sombre de sa vie.

Pascal est toute une histoire. Étonnamment, ce fut le groupe privé sur Facebook « Pour Transmettre avec le Cœur » qui fut le pont de la rencontre. Après quelques échanges spontanés, j'ai découvert chez lui un forte détermination à transmettre et partager son vécu.

Ce fut un réel plaisir de travailler avec lui. Je ne peux que vous encourager à le soutenir en partageant largement son travail, révélateur de son talent. Il rêve de pouvoir être une source d'encouragement pour beaucoup.

Le papillon sur la couverture ? Il y tenait fermement car aujourd'hui il prend son envol quotidiennement, en authenticité et surtout plus jamais tout seul.

Marie-Laure

Imprimé en France
Dépôt légal, septembre 2022

Printed by Amazon Italia Logistica S.r.l.
Torrazza Piemonte (TO), Italy

39296166R00080